句集

みなみのうを座

Piscis Austrinus

青木ともじ

Aoki Tomoji

東京四季出版

序句

しんかい６５００の潜航より戻りし君へ

深海を想へば虚空星月夜

正木ゆう子

序

青木ともじ君との出会いは、二〇〇八年の春に遡る。当時ともじ君は中学二年生になったばかり、友達に連れられておずおずと開成俳句部の門を叩いてきたのである。入部して何回目かの句会で、

どうせ独り身の人生蝸牛

という句を詠んでいたことを思い出す。中学生にしてはずいぶん年寄くさい句を詠む子だな、と思った。この句はさすがに句集には載せなかったようだが、この老成した句が「ともじ」という俳号の由来になったのだと記憶している。

当時の開成俳句部の先輩には、後に田中裕明賞を受賞することになる小野あらたなどがいた。こうした先輩たちに引っ張られ、着実に俳句を磨いていったともじ君、二〇一〇年の第十三回俳句甲子園に、Bチームの一員として初めて出場した。この年の俳句甲子園では、小野あらたがいるAチームが団体優勝したのだが、その後の表彰式で、

カルデラに湖《うみ》残されし晩夏かな

というともじ君の句が、何と最優秀賞に選ばれたのである。高校一年生にしての快挙、この句を強く推してくださったのは、正木ゆう子審査員であった。本句集にも収められたこの一句が、俳人・青木ともじの出発点になったのである。

私が、俳句同人誌「群青」を創刊したのが二〇一三年、大学生になったともじ君も「群青」の一員として俳句を続けることとなった。多忙だったためか、句会に顔を出すことは難しかったようだが、投句はほぼ欠かさずに続けてくれた。大学院では地球惑星科学を専攻、その後、ともじ君は海洋調査の道へ進むことになった。おとなしく老成したかに見えた少年は、いつしか壮大なスケールの研究を生涯の仕事に選んだのである。

夜間航海たちまち飽きて春の星

船窓はみな嵌め殺し寒波来る

本句集の第一章には、海洋調査の現場で詠まれたのだと思われる句がいくつも収められている。聞けば、ひとたび船に乗ると一か月以上も海上にあって、陸と音信不通の生活が続くのだと言う。せっかちでじっとしていられない私などには、到底考えられない生活である。海の上には、季語らしい季語などありはしない。真っ暗な「夜間航海」であれば、なおさら退屈であろう。そんな中で、夜空を彩る星々は、茫漠とした海上を漂う作者にとって、何よりの慰めとなるに違いない。「嵌め殺し」の窓に押し籠められた窮屈な生活の中で、北の海に押し寄せる寒波に耐えながら、それでも一句をひねり出す作者の姿を想像すると、すこし涙ぐましい気持ちにさえなる。

　その闇がみなみのうを座だと彼が

句集のタイトルとなった「みなみのうを座」は、秋、南の低い空に見える星座だそうだ。真っ暗な海の上だからこそ見える星座なのかも知れない。それを教えてくれた「彼」もまた、作者と同じ船上の人。星座を介して始まる「彼」との会話や心の交流は、船旅を託つ作者の心をしばし照らし出してくれたことであろう。

さて、陸上に帰ってきたともじ君は、どんな生活を営んでいるのであろう。第一章の後半に多いのが「買ふ」という動詞である。

　火事　米と洗剤を買ひ足し帰る

　佳き人を演じて細き葱を買ふ

　二人して人参買うて来てしまふ

海洋調査をしていたら、買い物をする機会すらあるまい。「買ふ」という行為自体が、陸に帰ってきた作者にとっては新鮮なものなのかもしれない。しかし、ともじ君が買っているのは決して贅沢品ではない。「米」「洗剤」「葱」「人参」、いずれも生活に欠かせない品ばかりである。そのささやかな買い物の脇に、「火事」があったり、誰かの前で「佳き人を演じて」いる自分がいたり、同じものを買ってきてしまうパートナーがいたりする。「買ふ」という行為の周辺に、作者の生活を彩る他者の存在が垣間見える句だ。

日記買ふそれを汚してゆくペンも

これも「買ふ」を使った句だが、かすかな叙情性があって良い。「それを汚してゆくペン」という表現にいささかの甘さを感ずる読者もいそうではあるが、ともじ君の根底にあるロマンティシズムが滲み出した句のようで、私には好ましく感じられる。

海洋研究に駆られる青年の中にロマンティシズムがないはずはない。だが、俳人としての青木ともじの持ち味は、それとは違うところにあるように思われる。

ボートからあをあを見えて知らない樹

夕されば読みさすやうに滝を去る

笑ふたびマスクをすこし戻しけり

いずれも第三章・第四章から引いた。一句目、貸ボートから池の周りの樹々を見ているのだろうか。青々と枝を広げた樹に心惹かれながら、作者はその樹の名を知らないと言う。そこには、心惹かれつつも近づき切れない対象との距離が感じられる。

二句目は夕方の滝。作者は、ずいぶんと長い時間、滝を見ていたようだ。「読みさす」という直喩は、滝のすべてを自分の中に吸収しようとしたものの、それが完全には成し遂げられなかったということであろうか。ここにも、滝に心を惹かれつつ自分のものにしきれなかったもどかしさが感じられよう。

三句目、私たちはコロナ禍でいったい何枚のマスクを使ったことだろう。笑って表情が緩むたびに、意に反して動いてしまうマスクをその都度戻す。そこには、マスクと作者の違和感のみならず、そのような形でしか外界と接することができないもどかしさも読み取れるのではないか。

こうした対象とのかすかな距離感や違和感こそ、ともじ俳句の通奏低音になっているのではないかと、私には思われる。そこに立ち上がってくるのは、少し不器用でシャイな青年の姿である。

檸檬温室《リモナイア》夜も輝いて地中海

これは、地中海を航海していたときの句であろうか。陸にあって煌々と輝く檸檬温室の光は、暗闇を航海する作者の目にひときわ眩しく感じられたことであろう。その光を頼りに、ともじ君の航海は続いてゆく。

ともじ君の俳句の扉はいま、世界に向かって開かれた。彼の俳句の航海が末永く順風満帆となることを心から祈って、祝福の言葉としたい。

令和六年八月　台風の近づく午後に

佐藤郁良

目次

装画・写真・カバーデザイン　青木ともじ
装幀　渡波院さつき

句集

みなみのうを座

Ⅰ．みなみのうを座

吊り揚げて船底眩し卒業期

流氷を巡りし風を浴びにけり

しくしくと霾る海峡を渡る

夜間航海たちまち飽きて春の星

わが沖を夜焚動かぬ不安かな

埠頭広しくねる蚯蚓は軸を持ち

いつからか滝のとどかぬ巖かな

島どこも歩いてゆけて雲の峰

カルデラに湖《うみ》残されし晩夏かな

雲海のちひさき丘に秋立ちぬ

山小屋の便器つめたき夜霧かな

狛犬に薄き舌ある終戦日

八月に篝のやうな船ひとつ

その闇がみなみのうを座だと彼が

月代や黙読用の声をもち

爽やかに画箱に傷や成人す

纜を紅葉の岸へ投げわたす
秋桜やカラーコーンを積み降ろす

捕鯨へゆく人の食ふもの皆知らず

友ひとり失くして夢にゐる鯨

船窓はみな嵌め殺し寒波来る

もののけは化石にならず寒波来る

まいにちの中に夜があり吹雪きけり
おほかたはわたしの上に降らぬ雪

寂しげに雪を喜び嫁ぐひと
うつむく鴨脚を伸ばせば脚寂し

二〇二〇年一二月六日　有馬朗人氏ご逝去

遺影にはならぬ笑顔に冬陽さす

いくひらも雲を行かせて初比叡

高らかに校歌の中の初山河

星屑のごとく寒肥撒いてゆく

夕焚火ときに非道なわらべ歌

春近し坂にはじまる港町

踏めば殺せるほどのがうなを愛しけり

引く波のきらをがうなの死と思ふ

去り際に始まる祈禱花曇

見送りのなかに真っ赤な風車

レンズぬくし二度と戻らぬ島なれば

接岸の隙へ閉ぢゆく春の潮

山桜布に包みし木の仏

人類に火があり天に藤があり

目で追うて木目短き暮春かな

焼け跡の蝿がゆつくり立ち上がる

陶工に過去の色恋えごの花

二〇二三年七月七日　澤好摩氏ご逝去　三句

象のごと風のごと死の知らせ来る

凌霄やみづを飲むとき目をとぢて

西日中崖の崩れて崖残る

裏方の二人ささやく夏芝居

電話ごしに同じ花火を見てをりぬ

花合歓近し観覧車もうすぐ終はり

花野から来て花野へと連れ戻る

鍵穴の奥に固さや虫時雨

日本酒に鶴の名多き夜学かな

受話器より夜学の部屋のショパンかな

月光に濡れつつ力士みな帰る

颱風や部屋に四隅のしかとある

暗幕はかすかに緑冬に入る

火事　米と洗剤を買ひ足し帰る

火事跡のソファーの花の刺繡かな

どうしても籠をはみ出す大根の葉

佳き人を演じて細き葱を買ふ
二人して人参買うて来てしまふ

棘のある花だと知つてゐてあげる
臙臓の匂ひが雪のない路地に

眠い視界に浮寝の鳥が増えてゐる

まだ雪を知らぬ雪吊並びけり

枯野を撮るペットボトルを脇に挟み

借景に庭師が二人クリスマス

日記買ふそれを汚してゆくペンも
文殻のやうに蜜柑の皮を閉づ

Ⅱ・檸檬温室《リモナイア》

摘草の湿りのままの犬を抱く

すこし離れて野遊びの者同士

包帯に蓬の香《かざ》の残りけり

城壁へつづく日永の崖あらは

遠足のリュックの底の濡れてをり
飼犬は待たされてゐる磯遊

干す漁具の中に花貝残りけり

一応は在る花貝の蝶番

空箱を畳んで積んで苗木市

包装のきらきら売られ種袋

描きたての横断歩道山笑ふ

生卵割る背筋まで新社員

ふらここの声だけ高く昇りけり

剪定の腕しなやかに枝を投ぐ

カットせず残す燕のゐるシーン

異性愛映画ののちの若葉冷

無人レジよく喋るなりこどもの日

スマホの画面少し匂へる健吉忌

冷房の冷気の残る鞄かな
保冷剤羅ごしに感じけり

羅のひと硝子戸によく映る
館内図に入れぬ部屋や黴の宿

夏鴨の啄む尻の持ち上がる

水面に硬きところや目高去る

三人のうちの浴衣でなき一人

夏布団天地わからず引き寄する

ずり落ちる模型の酢豚盆休

秋蟬のむくろ吹かるる路肩かな

水澄むや厩に小さき掛け時計

秋天を組み換へてゆく観覧車

萩白し不意にをさなき師の筆跡

吾の来るを案山子を出して待つてをり

釣舟に遅きひとつや木歩の忌

菊の日や書を撫でゐれば傷のやう

我らいつか土くれとなる秋祭

同郷と知りて野菊を共に見る

虫売にさみどり色の名刺かな

日展に漁具ありありと描かるる

ぽつねんと群れてゐるなり曼珠沙華

傘ささぬ日のまなざしに金糸草

秋桜や旅は眠りのごとく覚む

切なさはわかる異国の歌や月

檸檬温室《リモナイア》夜も輝いて地中海

室咲の埃かすかに色づける

小春日の買つてみて大きなチーズ

けふもゐる冬帽ふたりシェアオフィス

冬帽の男が一人よく頷く

ラガーずらずら畦道を帰りけり

冬ぬくしアイロン台で食ふ朝食

柚子湯せし袋に柚子の香の残る

しやもじの柄すこし欠けゐる師走かな

路上演説終へマフラーを巻き直す

箱と瓶除けて鏡餅を飾る

歳晩のリンスにお湯を注ぎ足しぬ

初空を突くいつぽんの避雷針

初山河よりも高きを鳥の群

あかときの聞こえぬ雪へ耳澄ます

雪折に深山の真中定まりぬ

酔ひたれば雪折とほくおもひけり

綾取をほどく指から寒に入る

下界みな雲のうらがは春近し

Ⅲ・知らない樹

遠雪崩問はれれば恋かもしれず

残雪や薄き袋に薬買ふ

陰毛の残る便座や寒戻る

春雪や業務パソコン運び込む

米櫃へ米満たしゆく彼岸かな

名をもたぬ山のあかるき卒業期

入試監督きれいなこゑではじまりぬ

桃が枝の手折るに硬き転居かな

ヒヤシンス並べなほして退任す

桜へと急ぐ景色をかきわけて

ファインダーごしに桜の乾きかな

泳ぎ終へしごとくに花の袖を脱ぐ

よく響く新居のチャイム木の芽和

春のドア閉まりきるとき軋みけり

ミモザなら明るい新居ではないか

処方薬増えてミモザも買ひにけり

飛び出さぬ飛び出す絵本うららけし

耕や湖《うみ》より引きし水のあを

指差せば一人静と教へらる

菜の花や子が唐突に走り出す

みな同じ岩を踏みゆく磯遊

立ち寄つて地図も蜆も貰ひけり

てきたうな箱を椅子とし雲丹を割り

立ち漕ぎの一歩目強き植田かな

地下街へかすかに届く蟬時雨

風鈴をひろびろ吊つて仮店舗

友を待つ背に噴水を感じゐる
水深の数字かすれしプールかな

ペンギン涼し三日月型の水槽に

頼んではをらぬカレー来海の家

花火まで届かぬ声をあげにけり

すぐ闇に戻る花火の発射台

蕗噛んで晴のすくなき故郷かな

草笛に飽きてきれいな川である

目高からたかまる水の解像度
風にほぐるる鹿の子の耳の先

ボートからあをあを見えて知らない樹

ボートから見えない小屋にゐる祖母よ

とほくまで行けない靴で来る泉

大蟻の歩みを返す百合の縁

夕されば読みさすやうに滝を去る

北窓のあかるさに似て日雀鳴く

打たせ湯にちさき緩急ある白露

別館の方が大きな蔦の宿

虫籠に石ころひとつ河川敷

空き地からすこしはみ出す虫の声

皿に入れポン酢あかるき良夜かな

硝子戸と気付かず当たる夜学生

赤い林檎と青い林檎を売る隙間

ポイントはすべて使つて天高し

後半は空を見てゐる菊花展

黄落期サンドウィッチを上手に食ふ

穭田や野良猫の棲む洗濯機

狸　三句

片面の汚れてゐたる狸かな

帰り道から狸へと変はりたる

撃たれては狸のままになつてしまふ

あづかりし子のよく笑ふ炬燵かな

靴紐を結ぶ破魔矢を地へ置いて

初詣ついでの猫を拝みけり

歯ブラシの隅の黴たる睦月かな

豆打の声に子のゐることを知る

雪玉といふ一塊の熱を手に

しやがみ込みマフラーに池触れにけり

投函がまだの葉書が外套に
いつか返さうCDとマフラーと

冬帽子からわたくしを解体す

Ⅳ・湯を沸かす

海市から燃えて開戦してゐたり
そとはあぶない海苔を焼くおもてうら

雛道具旅も戦もできるなり

テープ剝ぎしあとのべたつく雛の箱

粉をとくだけのスープや春の星

眠らむとすれば思へる梅ありぬ

春眠の姿勢探るや猫もまた

西行忌欠けたる皿をたいせつに

藤棚や煤のごとくに地に光

あとがきは読まず春眠へと戻る

飾らるる団扇にたまる埃かな

ゼラチンといふ六月の不純物

タピオカに硬き部分や梅雨に入る

捨つるとき造花の匂ふ梅雨入かな

家具すべてうらがはのある梅雨入かな

ベランダの冷えに病を打ち明ける

決別の手紙やがては紙魚のもの

製図台等しく傾ぐ西日中

ひかりみないのちと思ふ夜釣かな

鯊釣や上司にふつと父の顔

菊の日の只中にゐる調律師

虫籠も積みて汚れし室外機

虫籠の柵の外れし後の穴

昨年の枯葉の残る納戸かな

悴んでゐても開いて自動ドア

笑ふたびマスクをすこし戻しけり

検温に曝すおでこや淑気満つ

祝日の朱のすこし濃き初暦

鞦の手が数式を証明す

落とされし手套を皆が見て過ぐる

カトレアの褪せて中華屋にぎはへる

波を越す尻たゆたゆと浮寝鳥

雪吊やしてゐぬ旅の話など

夜行バス見えてコートを脱ぎ始む

間取図の隅に桜の樹の描かる
来客を待つ桜湯のための白湯

月朧お寿司の蓋を皿にして
からからと注ぐ愉快や蜆汁

蛤つゆの殻をつまめば割れにけり

田楽を串の出でゆく力かな

若布湯に涙のごとき泡まとふ

蕗の薹嚙み残りたる皮苦し

ピザ在りし箱の湿りや夏の月

玉葱の皮の張り付く小指かな

のつぺりと羊羹倒す暑さかな

眠さうなうつぼが崖をずりおちる

琉金のむくろに羽のごとき浮く
厨まで引き摺られ来る西瓜かな

爽やかに多し胡椒の三振り目

枝豆の跳ぶ勢ひや兄夫婦

酔ふ腹のまだらに白き良夜かな

宵闇やパンに乗せたきもの揃ふ

菊の日の一杯分の湯を沸かす

灯火親し体温計を待ちにけり

紙束をとんと整へ冬に入る

冬めきて本の挿絵の蓄音器

黒ずめるセロリの茎の溝の縁

葱に刃を入れて薄皮切れ残る
白菜の美しき汚れをうらがへす

擦り残すだいこおろしのひとところ

冬籠愛猫のごと炊飯器

湯豆腐の波に豆腐のくづれけり

セーターの袖に醬油の香の残る

なにごともなき雪の日の終はりなる

衰へて氷山のごと犬眠る

てのひらに茶殻の冷えを絞りけり

夜廻へ茶殻を捨ててから向かふ

湯を入れてふたたび匂ふ去年《こぞ》の茶葉

跋

青木ともじさんと私は、学生が幹事を担当する東大俳句会の句会で座を共にする俳句仲間である。この句会はもともと有馬朗人先生を囲む学生句会がはじまりで、本郷キャンパスで開かれていたことから「本郷句会」と呼ばれていた句会である。朗人先生は二〇二〇年十二月六日に急逝された。ともじさんは学生として先生の謦咳に接することのできた最後に近い年回りである。本句集に〈遺影にはならぬ笑顔に冬陽さす〉という追悼句が収められている所以である。

東大俳句会では大学の春休みに俳句合宿を行なうことが近年の恒例となっている。その合宿で千葉県の養老渓谷に行ったことがある。当地では地磁気反転現象が最後に起こったとされるチバニアン時代の地層が露出しているらしく、嬉々として岸から岸へ渡り歩き、断崖に見入るともじさんの姿が思い出される。ともじさんの専攻は「地質学」とのこと。それを知ると養老渓谷での行動も納得がゆく。現在は海洋地質調査に専ら従事しているようである。船に乗る機会も多いのであろう。本句集にも「船」「海」「島」「漁」といった言葉の詠み込まれた作が多数見える。

吊り揚げて船底眩し卒業期

夜間航海たちまち飽きて春の星

島どこも歩いてゆけて雲の峰

干す漁具の中に花貝残りけり

日展に漁具ありありと描かるる

最後の句の季語は「日展」。展示された数ある絵画のなかで「漁具」の描かれた作につい注目してしまうところがほほえましい。

カルデラに湖《うみ》残されし晩夏かな

二〇一〇年の第十三回俳句甲子園において最優秀賞に選ばれた句。高校一年生の時の作という。早くから「地学」への興味を持ち、それがこの一句に結実したのだろうか。「詩讖《ししん》」と言うべき句かもしれない。

暗幕はかすかに緑冬に入る

入試監督きれいなこゑではじまりぬ

風鈴をひろびろ吊つて仮店舗

水深の数字かすれしプールかな

それぞれ小さな発見をよみ込んだ作。二句目は女性の入試監督なのであろう。

「きれいなころ」で注意事項などが語られるのであろう。「入試」の句として新鮮である。三句目は被災地の仮店舗であろうか。プレハブ造りの店舗のがらんとした感じ、商品を置く台や棚などがまだ整っていない様子が想像されてくる。

皿に入れポン酢あかるき良夜かな

のつぺりと羊羹倒す暑さかな

葱に刃を入れて薄皮切れ残る

擦り残すだいこおろしのひとところ

「食」を扱った句から佳品を引いた。一句目の「ポン酢」は柑橘の果汁と酢で作る調味料。その呼称はオランダ語の「pons（橙の搾り汁）」に由来するようだ。一句の中で「ポン酢」という俗語めいた言葉がしっかりと据わっているところが手柄。二句目は「のつぺりと」が上手い。倒れた羊羹の感じがよく出ている。三、四句目はまだ慣れぬ厨ごとに挑む作者の健気な姿が想像され、面白い。

檸檬温室《リモナイア》夜も輝いて地中海

穭田や野良猫の棲む洗濯機

珍しい素材の詠み込まれた作。「檸檬温室《リモナイア》」は鉢植えの檸檬を冬の間防寒のために入れておく温室。その温室は夜も灯され、輝きを放っているというのである。すぐ前に置かれた〈切なさはわかる異国の歌や月〉ともども旅情あふれる海外詠である。二句目は稽田の片隅の光景であろうか。横倒しになった洗濯機が想像される。そこが野良猫の棲み処になっているというのである。臨場感があり、哀れがある。

摘草の湿りのままの犬を抱く

春眠の姿勢探るや猫もまた

ともじさんは動物好きなのであろう。犬や猫を詠んだ句も多い。一句目。犬を連れて摘草をしたのであろう。摘草を終えて犬を抱き上げた瞬間、野に分け入った犬の毛の湿り具合に驚いたのである。一瞬の気づきを句に仕立てた。二句目。眠るのに具合のよい姿勢を求めてうごめく人と猫。両者が同じ布団の上でからまり合う光景が想像されてきて面白い。

ともじさんは月を跨ぐ長い航海に出ることもあるようだ。また、四二〇〇米の深海に潜った経験もあるという。そのような体験から、どのような句が生まれてくるのか楽しみである。理系俳人の系譜に連なるともじさんに期待するところ大である。

令和六年九月

日原　傳

あとがき

私は小さなころから天文が好きでした。なぜかと問われれば難しいですが、中高時代は天文学に憧れて系外惑星の勉強をし、あるとき足許の地球を知ることもまたひとつの星を学ぶことだと気が付いて、地質学・地球科学の道へ進みました。今では幸いにして海洋地質学に関わる生活を送っています。そんなわけあって、句集のタイトルには天にありながら水に棲むものの名を冠する星座「みなみのうを座」を採用しました。

第一句集を刊行するにあたっては、多くの方にお世話になりました。佐藤郁良氏は中高時代からの師であり、未熟な私を昔から知っている親のような存在でもあります。日原傳氏は学生俳句会の大先輩でもあり、高校卒業後の私を一番傍で見守ってくれていた方です。また、中学時代から憧れ、お慕いし続けている正木ゆう子氏からは序句を賜りました。そして、この本が俳句に馴染みのない読者にも渡ることを願い、シンガーソングライターの南壽《なす》あさ子氏に表紙文を書いていただきました。

これらの皆様には特に御礼申し上げたいと思います。

私はいまのところ結社に所属しておらず、所属同人誌の句会にもご無沙汰してしまっているので（ごめんなさい）、句集に採用した句はおおかたが個人的なご縁で参加している超結社句会で出した俳句たちです。ですから、句集刊行にあたって、この句たちを作り、選ぶに至ったのはひとえにいつも句座をともにしている数々の句友たちのお蔭です。いつも本当にありがとうございます。

最後に、自ら装画を描くにあたって、力添え下さった絵画の師である美術ラボエリテ代表の有賀文昭氏、そして編集にあたって様々なアドバイスとともに背中を押してくださった東京四季出版の野嵜氏ほか編集部の皆様にも深く御礼申し上げたいと思います。

令和六年　秋のはじまりに

青木ともじ

著者略歴

青木ともじ（あおき　ともじ）

一九九四年、千葉県生まれ、東京都在住。俳句同人誌「群青」所属。第13回俳句甲子園・個人最優秀賞受賞。第8回円錐新鋭作品賞・白桃賞受賞。アンソロジー『現代俳句精鋭選集19』（東京四季出版）入集。カフェと石が好き。

シリーズ MUGEN∞ 2
句集 みなみのうを座
二〇二四年一一月二二日 第一刷発行
著 者●青木ともじ
発行人●西井洋子
発行所●株式会社東京四季出版
〒189-0013 東京都東村山市栄町二―二二―二八
電 話 〇四二―三九九―二一八〇
FAX 〇四二―三九九―二一八一
haikushiki@tokyoshiki.co.jp
https://tokyoshiki.co.jp/
印刷・製本●株式会社シナノ
定価はカバーに表示してあります。

ISBN978-4-8129-1135-8